포레스트 웨일 공동 작가

새벽이 오니
인연이 왔다

꿈꾸는 쟁이 | 김채림(수풀) | 신디 | 이상협 | 송해성(아도니스송)
김서진 | 양팡 | 미소 | 숨이톡 | 이상현 | 김초은 | 안세진
안재민(안상) | 노기연 | 윤현정 | 손아정 | 구윤희김소영(반애)
새벽 | 한민진 | 최이서 | CHIKI | 아루하 | 루다연 | 윈터 | 세하별
김유리(소율하) | 글길 | 김원민 | 희열 | 말랑주먹
유연 | 한라노

FOREST
WHALE

차례

필명	새벽	페이지

젊은 날의 새벽

내 젊은 날의 새벽은
내 잘못, 내 탓이 아님에도 불구하고
내 탓이라는 듯이 나를 매일같이 벼랑 끝으로 내모
는 사람들 때문에 온종일 꾹꾹 눌러 참고 참았던
눈물을 쏟아낼 수 있었던 건 새벽뿐이었고,
낯선 곳에서, 내 편 하나 없이, 멀리 떨어져 있는 가
족조차도 내 편이 되어주지 않았던 악몽 같았고,
매일 밤 죽고 싶다는 생각밖에 할 수 없었던 그 시
절의 나를 잠시나마 숨 쉬게 해 준 건 캄캄해지고
캄캄해진 새벽뿐이었다.

그래서 젊은 날의 나는
해가 뜨는 아침과 사람들과 마주하는 한낮보다는

정적이 흐르는 새벽이 좋았고, 하루가 지나가는
또다시 하루가 시작되는 그 사이의 새벽이 좋았고,
그 누구의 방해도 받지 않고 오롯이 혼자만의 시간
을 보낼 수 있었던 새벽이라 좋아했었다.

내 젊은 날의 새벽은
그랬었었지....
참고 참았던 눈물을 흘리며, 삼키고 삼켰던 슬픔을
토해내기도 턱없이 부족했던 새벽 시간들이긴 했
어도 그 짧은 새벽이 있어 그나마 숨 쉴 수 있었던
게 아니었나 싶다.

내 젊은 날의 새벽은
기절하듯이 아파하고
미친 듯이 슬퍼하며
숨 넘어가듯이 울었던
그런 새벽이었다.

낡은 시계탑의 유령

초침이 거꾸로
돌아가고 있는
낡은 시계탑

작은 영혼의 기운이
느껴지더니

그날 밤
찾아온 유령 손님은
훌쩍훌쩍 울고 있다.

달뜨는 밤빛 피어올라
식은 땀방울이
맺힌다.

새벽 빛

밤이 되면 세상은
온통 검은 물감으로 뒤덮인다.

칠흑 같은 어둠을 지나
새벽빛이 창틀에 흘러내리고

밤은 고요함의 끝을 아쉬움으로 붙잡지만
새벽은 밤에게 서서히 스며드려한다

소리 없이 새벽은 밤에게 모두 스며들어
어제의 기억을 안고 잠든 달을 깨운다.

창백하리만치 청량한 새벽빛은

따스한 햇살이 다가오기 전의 설렘이고 등불이었다.

새벽 별

너의 하늘에서
반짝이는 별이 아니어도 좋다
묵묵히 희미해져 가는 새벽에 뜬 별의 모습처럼
빛이 바래도록 한켠의 그 자리에서
열심히 빛을 내는 새벽 하늘의 별이 되고싶다

낮에는 보이지 않아도 같이 있는 것처럼
어둠이 내려앉을 때 비로소 밝은 빛을 내는 것처럼
있는 듯 없는 듯 스며드는 새벽하늘의 별이 되고싶다.

지치고 힘든 너의 하루 중 어느 날.
문득, 잠들지 못한 새벽녘 하늘을 보게 될 때
너의 하루를 다독여주고

너의 내일을 응원해 주는

나는 너의 하늘에서 새벽 별이 되고 싶다.

새벽을 가둔 밤

새벽이 밤을 가둔 줄 알았는데
밤이 새벽을 가둔 거였다

밤의 그늘 속에서
새벽은 한동안 곁에 머물고
흐르는 시간은 멈춘 듯 적막했다

새벽을 꼭 쥐고 놓지 않는 밤처럼
실낱같은 희미한 기억이라도 붙잡고 싶어서
나도 또한 내 안에 가둬두려 하였다

짧은 듯 긴 시간이 흘러
새벽빛이 하늘에 닿을 때쯤

잊혀가던 감정들이 하나둘씩 깨어난다.

또다시 밤이 새벽을 가두기 전에

나의 이불속 새벽

모든 밝음은 어둠이라는 이불이 덮고 지나간다
아늑하고 포근한 이불속 새벽 이루어진 것과 이루
어질 것이 교차하는 이불속 나의 미지의 여행을 시
작한다, 그 이불속 새벽은 오늘도 잡스러운 생각을
말끔히 덮고 새야얀 도화지처럼 내 미래를 그릴 수
있는 깔끔한 종이 한 장을 내민다.
그 위에 다채로운 생각을 현란한 색감으로 그려본다.
그 미래를 그려놓은 새벽에 난 붓칠을 더 해 내가
원하고 내가 주인인 세상을 그려나간다 잘못 그려
진 미래는 그대로 놔둬라.
내일 새벽이 오면 잘한 것이던 잘못한 것이든 새벽
의 어둠의 이불이 다시 덮어버리고 나에게 다시 한
번 색칠할 수 있는 새벽의 도화지를 내밀고 간다.

걱정하지 말고 휘갈기듯 그려보아라. 세상의 시선과 벽으로 인해 도전치 못한 온전한 내 미래를 색칠하고 먹칠하고 찍어 누르듯 격정적으로 그려라. 새벽이 나에게 주는 온전한 내 도화지에 온전한 내 생각과 미래를 가감하게 그리고 또 칠하자.

그리고 이불 끝을 끌어당겨 일상에 지친 내 육신과 정신을 새벽에 묻고 치열한 내일을 위해 잠시 쉬게 한다.

오늘도 이불 안 내 새벽은 따뜻하고 포근하다

새벽이슬 같은

밀물처럼 밀려오라
온갖 겹겹의 행복할 순간들만

썰물처럼 빠져나가거라
이내 박혀있던 잔가시 조각들은

별 인수인계 파일

오늘 밤 바라본 별들을 전부
내일 밤으로 인수 인계해 놓는 것이
나의 새벽 일과입니다
지금껏 잘 인수인계 되어온 별들을 보며
감사함과 책임감을 느끼는 것 또한 잊지 않습니다
내 마음속 즐겨찾기 된 우선순위 별들은
오늘 밤 무사히 자고 있을런지요
오늘 인수인계 파일명은 <보고 싶은 얼굴들>
이라고 해야겠습니다.

새벽의 라이딩

주말 새벽이면 누군가 몸을 흔든다. 빨리 나가자고. 이제 초등학교 3학년인 아들은 주말마다 아빠와의 자전거 라이딩에 푹 빠져있다. 이제 웬만큼 키워놓으니 손이 안 갈거라 생각했는데.

금요일 밤마다 영화 보느라 늦게 자는 나를 깨우는 아들을 보며 몸을 침대 아래로 굴린다. 모자 하나 눌러쓰고 옷만 갈아입으면 준비 끝이다. 아들은 이미 준비가 끝나있다. 동생이 깰까 봐 현관문을 조심히 닫고 밖으로 후다닥 나왔다. 자기 빼고 오빠와 둘이만 나간 거 알면 울고불고 난리 날 것이다. 아들과 자전거를 타고 공원으로 향하는 길이 상쾌하다. 내 뒤를 따르는 아들이 대견스럽기까지 하다. 누군가 그랬다. 아들이 놀아달라고 할 때 마음껏 놀아주라고. 조금 더 크면 친구들 찾느라 아들이 안 놀아줄 거라고. 이제 슬슬 실감하고 있다. 학교 끝나고 아빠보다 친구들 찾는 거 보면.

라이딩할 때면 꼭 하는 행사가 있다. 편의점 들리기. 24시간 편의점이라 언제나 불이 켜져 있다. 어쩌면 아들은 자전거보다 편의점에서 뭐 사 먹고 싶어서 나를 깨우는지도 모른다. 달콤한 아이스크림 하나씩 물고 또다시 달린다. 앞으로도 아들과 즐겁게 라이딩하고 싶다. 둘째가 크면 온 가족이 함께 자전거 탈 것을 생각하니 마음이 두근거린다. 이게 행복이 아닐까.

횡단보도 앞 설렘

#1. 그의 이야기

지아는 회사 셔틀을 타기 위해 새벽에 일어난다. 5시 30분 셔틀을 타기 위해 몸은 샤워하고 옷 입고 습관적으로 뛰쳐나온다. 부지런히 걷다 보면 횡단보도 맞은편에 셔틀이 서 있다. 오늘도 셔틀 출발하기 2분 전에 횡단보도 앞에 섰다. 신호가 바뀌고 건너가 타면 30초가 남는다. 남들이 보면 아슬아슬하게 느껴지겠지만 지아에게는 그게 일상이다. 나름 30초나 남았다는 여유도 부려본다.

어느 날과 똑같이 반복되던 겨울날, 지아는 보았다. 횡단보도 앞에 서 있는 자전거를. 검은 상자를 뒤에 실은 자전거에는 검은 털모자를 눌러쓴 여자가 녹색 신호를 기다리고 있었다. 다음날도, 또 그다음날도 그 여자는 지아와 같은 시간에 횡단보도 앞에서 신호를 기다렸다.

처음에는 별 관심이 없었지만, 슬슬 궁금해지는 지아였다.

'저 검은 상자 안에는 뭐가 들었을까. 무슨 배달을 하는 것 같긴 한대.'

지아는 곁눈질로 그녀를 관찰하기 시작했다. 신호가 바뀌면 쏜살같이 달려 나가는 그녀의 뒤를 눈으로 좇으며, 이렇게 하루하루 지나 봄이 다가왔다.

털모자를 눌러쓰던 그녀가 어느 날 검은 머리를 늘어트린 채 자전거 위에 앉아 있었다. 그녀의 새로운 모습에 지아는 가슴이 두근거렸다. 시간만 있다면, 아니 용기만 있다면 말도 걸어보고 싶었다. 어느새 궁금증은 설렘으로 다가왔다.

#2. 그녀의 이야기

신선품 배달을 하는 새아는 취업 준비생이다. 오늘도 어김없이 자전거에 물건을 싣고 새벽공기를 마시며 달린다. 횡단보도 앞에 자기 또래의 남자가 서 있다. 이 시간에는 언제나 둘 뿐이다. 가끔 밤새 술 먹고 집에 들어가는 청년들이 있을 뿐.

언젠가부터 그의 눈길이 느껴졌다. 민감한 편은 아니지만 자전거의 거울로 비친 그는 새아를 쳐다보고 있었다. 곁눈질로 살짝살짝. 그런데 싫지만은 않았다. 비슷한 또래에다 가방을 든 그가 나쁜 사람으로 느껴지지는 않았기 때문이다. 오래된 취업 준비로 자존감이 낮아져 있는 그녀에게 어떻게 보면 그것은 새로운 활력소였다. 나 아직 안 죽었다는.

가끔씩 그가 없을 때는 궁금하다. 오늘은 무슨 일이 있나. 휴가인가. 몇 달간의 마주침에 이제 새아도 그에게 관심이 가기 시작했다.

#3. 그의 이야기

비가 오던 날. 그녀는 우비를 입은 채 자전거를 타고 왔다. '끼익' 소리와 함께 멈춰 선 그녀를 바라보며 미안한 마음이 들었다. 지아가 미안할 건 아니지만 우산을 들고 있는 손이 왠지 민망했다. 그래서 오늘은 용기 내보기로 결심했다.

"안녕하세요. 비가 많이 오네요. 자전거 운전 괜찮으세요?"

미소와 함께 살짝 목 인사를 하는 그에게 그녀 역시 목 인사로 대답했다.

"그러게요. 비가 많이 오네요. 하지만 어렸을 때부터 타서 괜찮아요."

웃으며 말하는 그녀의 얼굴이 햇살처럼 밝게 느껴지는 지아였다. 지아는 잠깐이라도 그녀의 머리 위로 우산을 가려주고 싶었다. 하지만 그런 용기는 지아에게 없었다. 그리고 이상한 사람 취급받을지도 모른다는 생각도 들었다. 그때 신호가 바뀌었다.

"비가 많이 오니 조심히 타세요."

고개를 숙이며 인사하는 그에게 그녀는 손을 흔들며 멀리 사라져 갔다. 그녀와 대화를 했다는 기쁨에 지아의 가슴은 쿵쾅댔다. 손을 흔드는 그녀의 모습이 눈앞에서 떠나지 않은 채.

새벽

해가 떠 있을 땐 간데없고
별이 떠 있을 땐 난데없이 나타난다.

해가 져야 떠오르고
달이 떠야 떠오르니

너는 새벽인가 보다
새벽은 너인가 보다

이른 새벽

침묵 속에 고요한 가로등 불 하나가
캄캄해 보이지 않는 어둔 골목 지켰고
희미해진 별들과 사라지는 달 하나는
어둔밤이 지나가길 기다리고 있었다.

바람 소리 개운한 듯 풀벌레가 흥얼거려
단잠 깨운 너였어도 싱그러워 좋았고
평화로운 순간이 비웃듯 고개 들어
알람시계 퍼져가듯 하루가 시작되었다.

발버둥 속 파고드는 이불 속 내겐
언제나 다가온 넌 새벽이었다.

새벽 아침

지저귀는 노랫말에 귀가 열리고
하나 둘 모인 방울 뿌옇게 될쯤
무겁던 눈꺼풀이 새털이 되어
눈감고도 보이는 싱그럼같아.

조각난 별들이 가려진 하늘에
두근대던 달빛마저 숨어버리고
밝게 내민 볕 낮에 술래를 본 듯
불러도 가야하는 그런 너였어.

오늘 또 기다리라고 했고,
내일도 다시 오겠다 하며,
아직은 어둑한 밖을 바라보면서

그저 하던 대로 조용히 기도하랬지

나에게 시작되는 하루를 위해.

바람을 품은 별

어느 날 문득 볼을 간지럽히는 바람에
눈을 떠보니 시간은 새벽 3시
깨고 난 후 아무리 잠을 다시 청해도 잠들 수 없어
저 하늘 위에 떠 있는 별에게
어떻게 하면 어둠 속에서 빛을 잃지 않고
홀로 빛날 수 있는지 물어본다.

시간이 지나면 흐려지고 빛을 잃을만할 텐데도
언제나 새벽 밤 하늘엔 항상 그 자리에
바람을 품은 별 들이 떠 있었다.

기약 없는 기다림 끝에

눈부시게 빛나는 너에게

나의 바람이 닿을 수 있기를.

그날 새벽 나는 몰래 나를 만났다

모두가 잠든 시간
시계 초침을 빼고 모두가 한가한 시간

서늘한 밤공기에 질식한 듯
침대엔 미동도 없이 두 손을 모은 채 잠든
내가 누워있었다

그날 새벽, 나는 몰래 나를 만났다

아아 이 순간만큼은
내 이상을 꾹꾹 눌러 담은 이 공간, 이 시간에서만
큼은
등에 날개가 돋길

구름을 걷고 있길
세상을 낙관하기를.

꿈이 과거의 투영이고 현실의 반영이라고
프로이트가 말했던가!

나는 여전히 불안했고,
여전히 하늘은 높았고,
여전히 날개가 없었다.

다시 눈을 꽉 감았다
도저히 아침을 맞이할 일말의 용기도, 의욕도 없었다

내가 눈을 뜬 곳이 꿈이고 이곳이 현실일지도 모른
다는 생각
아, 내가 눈을 뜬 곳이 현실이고 이곳이 꿈일지도
모른다는 생각인가
나는 여전히 새벽에 머물러있다.

새벽

가끔 실눈을 뜨면 그날의 내가 보인다
그땐 다시 눈을 감는 것이다.

모두가 바쁘고 시계 초침만 한가한 시간
내가 잠든 시간

새벽이 오니 인연이 왔다

새벽에 글을 쓰는 행복한 작가

나에게 새벽은 영감이 올라오는 시간이다. 남들이 다들 자는 시간에 일어나서 무언가를 한다는 건 왠지 앞서가는 느낌도 들고 좋다. 새벽 미명에 일어나서 명상을 하고 글쓰기를 한다. 모닝 페이지라고 자다 일어나서 무의식의 상태에서 글을 쓰면서 내 안에 것을 쏟아낼 수 있다는 장점이 있다. 명상을 하면서 머릿속에 있는 것들을 비워낸다. 무념무상의 세계로 들어간다. 책을 쓸 수 있는 좋은 시간중에 하나가 바로 새벽이라는 시간대이다. 가장 많은 정신에 집중이 잘되는 시간이라고 생각한다. 새벽에 산책을 가도 좋을 듯하다. 거리를 걸으면서 하루를 어떻게 시작할지에 대해서 한번 계획을 세워 본다. 어렸을 적에는 새벽에 서예 학원을 다닌 적이 있다. 아침에 초등학생의 나이에 일찍 일어나서 붓글씨를 배우러 가는 길에서 하루를 시작하면서 정신 수양을 하면서 심신을 가다듬는 훈련을 한 적이 있다. 매일의 글쓰기를 하면서 나의 생각과 마음에 정리를 하게 된다. 작가로서의 길을 걷고 있다. 사실 글을 쓰면서 내가 이걸 왜 해야지 하는 회의를 가지게 될 때도 있다. 책이 잘 팔리면 좋지만, 대중들에게 읽히지도 않는 책을 왜 쓰고 있을까 하는 생각도 가지게 된다. 자기만족일까 하는 의문도 든다. 작가에게 새벽이라는 시간은 많은 영감들이 샘솟는 시간이다. 다양한 분야에서 쓰고 싶은 아이디어들이 올라오게 된다. 사실 이 영감들을 다 구체화해서 책으로 낸다면 100권도 훌쩍 넘을 듯하다. 하지만 많은 단계에서 걸러지고 결과물로 나오기까지는 노력과 정성이 들어가야 한다. 한 권의 책을 새벽이라는 시간을 통해서 원고를 쓰면서 자기 성장과 발전의 시간을 가지게 된다. 독서 또한 나를 새로운 세계로 인도하는 좋은 매개체라고 생각한다. 책을 좋아한다. 새벽에 읽는 책의 맛은 낮에 읽는 거에 비해서 몇 배의 정신 집중을 가져오게 된다. 나는 새벽에 일어나서 책을 왜 쓸까라는 의문을 가지게 된다. 유명해지고 싶어서 인세를 통해서 돈을 벌고 싶어서 강연가로서 성공하고 싶어서 다양한 요소들이 떠오른다. 그냥 책이 좋고 내가 많은 책을 읽고서 도움을 받았으니 나 또한 받은 도움을 독자들에게 나누고 싶다는 생각에서 책을 쓰고 싶다. 한 권의 책을 쓰는 건 고도의 집중력과 에너지를 내어야 하는 작업이다. 그러므로 관련 문헌들을 읽고서 공부를 해야 한다. 새벽에 책상에 앉아서 스탠드를 켜고 문헌조사를 하면서 책을 쓸 준비를 한다. 이 과정을 통해서 나 역시 배울 수 있는 좋은 시간이 된다. 매번 새로운 주제의 책을 새벽이라는 시간을 통해서 낼 수 있었다. 지금까지 20여 권의 책을 썼다. 전자책이다. 혹자는 전자책은 쉽다는 말로 폄하한다. 물론 맞다. 마음만 먹으면 누구든지 낼 수 있어서 진입장벽이 낮다, 원고만 있으면 낼 수 있다. 하지만 출판사를 통해서 책을 내는 과정은 어렵고 시간이 많이 든다. 출판사는 아무 책이나 내주지 않기 때문이다. 일종의 검열 과정과 선택을 받아야 한다. 그 기준을 통과하기 위해서 매일 새벽 글을 쓰면서 내 자신을 트레이닝 시키고 있다. 글쓰기는 글을 통해서 늘 수 밖에 없다. 직접 써야 한다, 아무리 수 많은 강의와 책을 읽어도 직접 쓰는 활동이 전제되지 않으면 늘 수가 없다. 그래서 매일 새벽에 일어나서 물 한 잔 마시고 책상에 앉아서 글을 쓰고 있다. 가장 머릿속이 맑아지는 청명해지는 시간이다. 이 시간을 통해서 나의 여러 작품들이 탄생했다. 나는 독자와의 소통을 사랑한다. 누군가 나의 글에 반응한다는 사실 자체가 나에게 기쁨과 희열을 가져다주고 있다. 지식 창조자로서 나의 콘텐츠를 독자들에게 선보인다는 사실이 나에게는 즐거움을 느끼게 한다. 사실 새벽에 일어나서 책을 쓴다는 건 고된 노동이다. 일단 피곤하다. 무언가를 창조해야 한다는 사실이 나에게 부담감을 주게 된다. 거룩한 부담이라고 할 수 있다. 매일 글을 쓰고 있다. 쓰면서 부족하고 왜 이정도 밖에 쓰지 못할까 하는 생각도 들게 된다. 나의 한계에 부딪치게 마련이다. 이를 돌파하면서 나에게는 새로운 성장의 시간이 주어지게 된다. 이는 거저 주어지는 게 아니다. 새벽에 글쓰기 독서 명상과 책 쓰기를 매일 하는 자에게 주어지는 선물이다. 나는 계속 글을 읽고 책을 낼 것이다. 책 쓰기의 즐거움을 맛본 이에게 중독성은 마약 못지 않다고 할 수 있다. 늦게 배운 도둑질이 무섭다고 책 쓰기의 재미를 들인 이에게는 이보다 좋은 과정도 없다고 할 수 있다. 시대가 흘러갈 수 록 글쓰기 책쓰기 능력이 중요시 되고 있는 때이다. 책을 읽는 우리가 되었으면 한다. 새벽에 일어나서 기도를 해도 좋고 영어 공부를 해도 좋다. 새벽이라는 시간은 신이 우리에게 준 선물이다. 이 시간을 책 쓰기라는 나만의 성장의 시간으로 가져보는 건 어떨까 하는 생각을 가지게 된다. 나는 종교인이다. 크리스천이다. 새벽기도라는 한국 신자만이 가진 고유의 종교적 특성을 가지고 있다. 옛 선조들이 새벽에 정안수를 떠놓고 신령님께 빌면서 무병장수할 수 있기를 기원하는 것과 같다고 볼 수 있다. 새벽 미명에 주님께 나아가 조용히 기도하는 이들을 통해서 하나님은 역사를 이루신다고 한다. 이렇듯 새벽은 기적의 시간이다. 잠을 자고 일어나서 갓 깨어난 시간에 우리의 뇌 속에는 수많은 생각들이 떠오르게 마련이다. 이를 끄집어내서 잘 활용했으면 한다. 아울러 현대인들에게 아쉬운 한 가지 사색과 사유의 시간이 부족하다는 점이다, 다들 바쁘게 살고 있다. 아침에 일어나서 일상의 분주함 속에서 자신을 돌아볼 시간마저 없다는 사실이다. 새벽에 일어나서 잠시나마 나를 생각해 보는 시간을 가져보기를 바란다, 마치 내가 어디로 가고 있는지도 모르는 자신을 잃어버리지 않았으면 한다. 아침에 땅거미가 지고 해가 뜨는 장면을 본적도 언제인지라는 생각도 든다. 새벽은 무한한 에너지가 생성되는 시간이다. 문득 잠결에 신문을 돌리려고 분주하게 움직이는 배달원의 소리를 들었던 기억이 난다. 누군가는 생계를 위해서 이 시간에도 자신의 노동력을 통해서 일을 하고 있다. 우유배달과 신문배달을 통해서 생업을 이어가고 있다. 이렇듯 어떤 이에게는 새벽은 노동의 시간일 수도 있다. 새벽에 거리를 청소하는 환경미화원들의 수고 속에서 우리의 도시는 깨끗해져 가고 있다. 그들에게 새벽은 거리를 다시금 정돈하는 시간이다. 동대문에서 새벽 시장을 통해서 옷을 떼어 파는 이들에게 이 시간은 바이어와의 유통과 거래의 시간이다. 이를 통해서 의류업계의 발전을 도모하게 된다. 꽃가게를 하는 플라워리스트들에게 새벽 꽃시장은 꽃을 살 수 있고 고를 수 있는 최적의 시간이다. 이를 통해서 자신의 재능을 펼칠 수 있다. 경비원들에게 새벽은 고된 업무를 마치고 다음 근무자와 교대를 통해서 집에 가서 쉴 수 있는 시간이다. 언젠가 CCTV 관제요원으로써 모니터를 하던 적이 있다.

홍대를 비추는 카메라에 길거리 공연하는 이들의 모습이 잡혔다. 한밤중에 자신들의 끼와 재능을 뽐내는 모습을 보면서 그들의 열정과 퍼포먼스를 즐길 수 있었다. 이내 시간이 지나서 새벽이 되고 한산한 거리의 모습을 보면서 왠지 적막함이 느껴졌다. 우리의 인생도 이와 같다는 생각이 든다. 화려한 때를 지나서 쓸쓸하게 퇴장해야 하는 시간이 도래한다는 점이다. 얼마 전 한 가수의 운명의 소식을 접하고 인생의 황망함을 느낄 수 있었다. 우리네 인생에도 언젠가는 종점의 시간이 있기 마련이다. 마침표가 있다는 점을 잊지 말아야 한다. 그러므로 인생을 의미 있게 잘 살아야 한다. 인생에서의 새벽이라는 시간은 과연 언제일까? 매일 맞이하는 기회와 시작의 시간이 아닐까 하는 생각도 가지게 된다. 매일 우리는 좌절하고 실패하고 고민하지만 새로운 기회의 공간을 향해 지향하고 나아가는 우리의 모습을 발견하게 된다. 이를 통해서 우리는 새롭게 시작하게 된다. 이제 우리의 새벽이라는 시간이 다채로운 경험의 시간이 되었으면 한다.
다들 성공하고 싶어 한다. 잘되어서 유명해지고 싶
고 영향력을 끼치고 싶어 한다. 그런 우리의 성장
의 시간이 연속의 새벽이었으면 한다.

심심한 도로

새벽이 오면

아파트단지 사이 광활한 6차선 도로는

떠들어댈 친구 없는 학생처럼

낮과는 다른 모습으로 과묵히 서 있다

몇몇 집들은 나처럼

주눅이 든 도로의 초라한 표정을 구경이라도 하는지

붉은 하늘에 박힌 별처럼

듬성듬성 꺼지질 않았다

매미가 치열한 이맘때면

이 심심한 도로 위를 떠들어대던 폭주족들이 많았

는데

자취를 감춘 건

오토바이와 차의 추돌사고 이후인 듯하다

큰 굉음을 지르고 앰뷸런스가 오기까지

도로는 앓는 소리도, 움직임도 없었다

오늘 같은 여름 새벽의 일이다

그때부터 도로는 말을 잃었나 보다

심야식당

밤에 문 두드리는 손님이 많다
나는 심야식당의 마스터가 된 것처럼

이하 방명록

허전함

걱정

외로움

슬픔

원망

분노

후회

새벽

마지막 손님을 배웅하고 나면

그제야 문 잠구고 눈 감는다

달의 새벽

세상의 움직임이 잠시 멈춘 새벽.
누군가는 꿈을 꾸고
누군가는 눈을 뜬다.

누군가의 뒤에서 묵묵히 제 할 일을 하던 달은
고요한 새벽녘을 오늘도 가만히 비춘다.

새벽까지 잠 못 들 누군가를 위해
달의 새벽은 세상의 소리를 줄이고 자장가를 부른다.

새벽의 기상

햇살이 따사로운 시간은 잠시 몸을 쉬인다.
온전한 아침이 아닌 어스름한 시간에 밝은 미소로
고개를 든다.

새벽에 기상하는 감성은 오롯이 모든 이야기들을
담는다.

하루 내 전달되지 못한 모든 이야기들이 새벽의 공
기를 타고
마음 한구석에 자리한 작은 별을 쿡 찌른다.

새벽의 장마

아무도 모르는 눈물이 흐르는 시간
억수같이 쏟아지던 새벽의 장맛비

깊고 깊은 마음속에 내려
잊고 있었던 기억을 흠뻑 적시고
장마에 젖은 기억이
나를 아프게 한다

누군가 흘리는 눈물에 새벽이 말했다
누군가여, 울지마라

크나큰 슬픔이 고이 지나갈 수 있도록
장마를 대비하듯 마음도 대비하고

아픈 기억은 빗물과 함께 흘려보내라

따뜻한 꿈과 함께 동이 트고
따스한 햇살을 다시 볼 수 있을 것이니......

좋겠다

아프고 아프던 밤
난 아무렇지 않았어

바람마저 잔잔해
네게 이유를 붙이는 것에 지친 나는
내 그림자를 안았어

생각까지 쉬고 싶지만
날 괴롭히던 생각들이 떠나지 않아서

아주 작은 사랑들조차 날 탓하다
모든것에 지쳐 아무것도 하지 못하겠어

하루 종일 있었던 일들을 반추하며 잠시 웃어보다
네가 생각나 다시 울상을 지어
수많은 계절들 사이에서 하루도 빠짐없이 널 그려

자욱이도 쌓인 마음을 정리하기가 버거워
네 옆에 서 있던 그 사람을 내심 질투했어

이조차도 내게 큰 기쁨이라
그 누구보다 내게 잔인한 상상을 내게 던져

내 도착하지 않을 편지가
네게 도착하길 바라

난 결국 아무렇지 않게
아주 아픈 이 새벽을 기꺼이 누리고 있어

퇴근길

자주 들르는 주유소 어르신께서 익숙한 얼굴을 보자 인사처럼 말을 건넨다.

"오늘 날씨가 딱 나 같아."

"네?"

"오락가락해."

요즘 날씨가 딱 그렇다. 비가 왔다가 해가 떴다가 갑자기 엄청난 비가 내리다가 갑자기 비가 멈춘다. 어릴 적 동경했던 동남아 휴양지 어느 곳의 한 장면 같은 아열대성 기후, 지금이 딱 그렇다. 온난화의 영향이라고 하고 때론 5천 년에 한 번씩 돌아온다는 자연스러운 기후 변화라고 아무 말로 채워 떠드는 이들도 있었다. 무엇이 되었든 사람들은 다들 정상이 아니다.

축축한 날씨로 인해 자신의 모습을 잊기도 하고 체온과 비슷한 폭염 탓에 흘러내릴 것 같다며 서서히 지쳐버렸다.

우리는 어디로 가는가 어떻게 살아가야 하는가. 행복하고 먹고 살게 넉넉하면 철학적인 고민 따윈 하지 않고 행복할 텐데 날씨 탓을 하며 삶이 팍팍함을 누구의 탓으로 돌리고 있다.

차라리 주유소 어르신처럼 자신에 빗대어 날씨 이야기를 하며 웃음으로 승화하는 분은 여유와 함께 부러움을 느끼게 했다.

날씨가 오락가락, 나와 집에 계신 동거인은 서로에게 지쳤다.

흔한 권태기일지도 그냥 그럴 것 같다고 생각은 해봤다.

다른 때보다 조금 늦은 퇴근, 사실 작업실에 앉아서 혼자 한참을 울고 싶었다.

삶이 고단해서이기보다는 술친구가 없었다는 그 마음이 스스로를 더 초라하게 만들었다. 오늘따라 동네 친구는 가까운 여행을 갔고 또 다른 동네 친구는 임신 중이며 또 다른 친구도 임신 중인 와이프 때문에 안 된단다.

그리고 보고 싶은 친구들은 가까이에 살지 않았다. 어두워질수록 밤이 깊어질수록 마음은 더욱 축축했고 덜 마른 유화마냥 흘러내리듯 어두워진다. 비라도 미친 듯이 온다면 빗소리에 묻혀서 소리치고 울기라도 할 텐데 멀리 사는 친구에게 전화를 걸어서 대화를 한 시간 넘게 했다.

맥주는 달디 달았고 안주는 필요 없었다.

친구와 통화 중이었는데 다른 친구에게 문자가 온다. '오늘은 딱 한잔하고 싶은 날이었는데' 그 문자가 나를 울렸다. 마음이 통했었나 보다. 가끔 그런 통함을 전달해 주는 이웃사촌이자 친구이다.

멈출 수 없어 터져버린 수도꼭지처럼 마구 터져버렸다. 시끄럽게 전화 통화하다가 갑자기 조용해지며 작은 흐느낌이 들리니 통화 중이던 친구가 왜 그러냐고 묻는 말에 통제 불능, 수도가 아니라 마음이 터져버렸다. 달래주는 친구의 말을 들으니, 마음이 편안해졌지만, 부서진 마음은 이어 붙일 수가 없었다. 편안해진 마음으로 친구에게 작별을 고했다. 내일 다시 또 씹어보는 걸로 협의를 봤다.

가까이 있어도 멀리 있어도 마음을 알아주는 건 친구였다.

여자의 적은 여자라고 하지만 친구는 영혼의 조각을 나누어 가졌다.

집에 들어갈 시간이 훌쩍 지나버렸지만 혼자만의 궁상을 더 이어가기로 했다. 혼자 있었지만 친구의 전화를 끊고 나니 갑자기 두려움이 몰려왔다.

작업실의 창문과 문을 걸어 잠그고 불도 끄고 혼자 쉬기로 했다. 선물 받은 아로마 향을 태우고 요가 매트에 누워 천장을 바라보다가 자연스럽게 잠이 들었다.

꿈속은 어수선했다. 깊은 한숨과 아늑함으로 길게

하루쯤 자고 일어난 느낌, 요가 매트에 누울 때 만해도 집에 들어가지 않고 그냥 여기서 버티겠다 싶었었다. 그런데 너무 길게 잤다는 수렁에 빠진 느낌에 놀라서 잠이 깼다.

12시 10분.
고작 30분을 자고 일어난 것이다.
잠들어 있던 30분은 꿀잠이었고 온몸이 수렁에 빠진 것 같은 아늑함이었다. 집에 들어가기엔 아주 적당한 시간이었다. 동거인에게 퇴근길 마중을 요구하고 싶었지만, 전화를 통한 대화조차도 싫었다. 작업실에서 집까지 거리는 900미터, 그 거리를 밤이면 위험해서 낮에는 바쁘다는 이유로 자동차로 오고 갔다. 나는 걷고 싶었지만 동거인은 걷는 것을 싫어했다. 우린 아주 사소한 것까지 안 맞는다. 비는 그쳤고 길거리는 모두가 잠든 듯 불이 꺼져있었다.
사람이 있으면 무서웠겠지만, 자정이 넘은 거리는

모두가 취침모드였다. 마치 경찰서까지 잠든 것 같다는 착각이 들었다. 집에 가는 길에 보이는 택시 승강장에는 택시가 한 대도 없었고 2차선 도로 위에는 차가 없었다.

마치 나를 위해 비워둔 것처럼 거리는 한산했고 조용한 수면시간이었다.

마음이 갑자기 두근거리며 편안해졌다.

동거인은 나를 배려해서 연락이 없는 것인지 자신이 화가 났으니 알아달라는 것인지 여전히 묵언 상태다. 그런 상태에 최소한의 소통 중이었지만 무엇이 문제인지 기분이 오락가락한 것인 날씨의 문제인지 자신의 문제인지 도대체 마음의 진실을 알 수가 없었다.

조용하고 어두운 거리는 꿈속인듯했다.

가로등만 하나둘 켜져 있고 타이머에 맞추어진 매장의 작은 등이 켜진 곳은 더욱 희미해져 흔적이 사라진 존재 같았다. 판타지 소설일까 애니메이션의 한 장면일까 당면한 순간을 마음에 하나씩 개켜

서 접고 접어 보관하기로 했다.

밝은 태양 아래 보이던 가게들은 모두가 무채색, 먹물로 채워졌고 거리는 내가 전세 낸 것 같았다. 이런 오만한 느낌 나쁘지 않았다.

이대로 깨지 않는 꿈이라면 어디까지 걸어갈 수 있을까. 림보마냥 계속해서 돌고 또 돌게 될까. 집으로 되돌아가는 길이 새롭다.

맥주 한 병의 취기는 30분 취침으로 사라진 지 오래고 마음의 허탈함이 나를 취객처럼 만들었고 울었던 두 눈은 통통 부어서 딱 실연당한 사람 꼴이다.

멀리서 굉음 같은 소리를 내며 어설픈 튜닝카 한 대가 달려오고 있다. 순식간에 옆을 지나간다. 이곳은 시내 주행 속도 제한이 있는 곳인데 차는 평소 느끼는 속도보다 훨씬 빠르게 지나가는 것 같다.

내가 전세 냈다가 착각 중인 행복한 새벽 퇴근길을 방해하고 있다.

함께 사는 동거인에게 화풀이 하지못한 마음이 밤

의 고요를 깬 낯선 차에게 화를 느낀다.

그러나 차는 빠르게 지나가 버렸고 빗방울이 떨어진다.

지금껏 우산이 아닌 지팡이의 역할로 500미터를 함께 걸어왔었다. 이제 우산의 역할을 충실히 해내야 한다. 투명한 비닐우산을 펼치니 빗방울이 떨어지는 것이 보인다.

흘러내리는 물방울이 또로록, 또다시 우울해진다.

집 앞에 가까워진다.

퇴근길의 로망이 사라지려 한다.

마음의 진심을 모르겠다.

퇴근길인지 출근길이지 마음이 헷갈리고 있다.

자정은 그랬다. 밤인 듯 새벽인 듯 그날인 듯 다음날인 듯 경계에서 착각을 일으킨다. 모두에게 공평한 한결같이 어두운 거리 젊은 사람이 사라져서 장년층들이 잠들면 거리도 모두 묵음모드다. 밤이어서 새벽이어서 묵음이 아니다.

그냥 주로 활동하는 주민들이 잠들면 그냥 모두가
퇴근인 것이다.

좀 늦은 퇴근길, 이른 출근길.

사실은 집으로 퇴근하는 것이 아니라 새벽같이 출
근하고 있다.

아마 아는 사람들은 알겠지?

진짜 퇴근하고 싶다.

나만의 새벽

빛이 사라지고 고요한 새벽이 찾아올 때면
오롯이 나 혼자만의 생각에 잠기는 시간
언제부터인지 모를 불안함과 외로움 사이
깊은 새벽녘 나 홀로 다짐해 본다

언제 올지 모르지만 한 걸음 한 걸음 열심히 나아
가겠노라고
새벽이 지나면 곧 아침이 올 테니
지치지 않고 달려 나가겠노라고

그러다 보면 언젠가는 이리저리 흔들리는 내 마음
에도
은하수가 내리고 희망찬 새벽이 다가오겠지.

그 순간이 오면 깜깜한 새벽
아무 말 없이 나를 내려다보던
별도 달도 수고했다며 밝은 빛을 쏘아줄 거야

그러니 우리 지치지 말고 웃으며 희망찬 오늘을 지
키며 살아가자
그 언젠가 너에게도 지나간 일에 픽 웃으며
맞이할 행복한 새벽이 찾아올 테니

달콤한 밤

다시 찾아온 잠들지 못한 이 밤
창문을 열어 낮과는 다른 냄새의
새벽 공기를 쐬어본다

가만히 눈을 감고 새벽의 달콤함을 상상해 본다
복잡한 감정은 모두 다 잊어버리고
하늘에 떠 있는 저 별을 모두 끌어안은 채
몽글몽글 두둥실 행복함을 가져본다

곧 아침이 밝아올 테지만
가장 어두운 나만의 날을 마음껏 만끽해 본다
코끝에 가득 퍼지는 이 신선한 공기를
아무도 방해하지 않는 지금, 이 순간을

빛 하나 없는 나 혼자만의 눈부신 하루를

다시는 오지 않을 달콤한 시간을
아껴둔 내 마음을 소중하게 간직해 본다
그리고 언젠가는 미소 지으며 꺼내볼
그 시간을 기다려본다.

새벽 같은 너

늘 그 자리에 서 있다.
매일 오는 새벽은 하루도 내 곁을 떠난 적이 없다.
누군가에겐 하루의 시작이며
누군가에건 하루의 끝인 너를
한 번도 안아준 적이 없다.

늘 곁에 있기에 당연한 줄 알았던 너이지만
언제나 같이 있을 줄만 알았던 너이기에
지금 너무 소중하단 걸 깨닫는다.

지치고 고단함 끝에 맞이하는 너가 있어서
늘 행복했고 행복했다.

언제가 다시 맞이할 행복한 너를 그리며
나는 오늘도 꿈을 꾼다.

새벽의 끝

칠흑 같은 어둠 사이 너의 숨결이 느껴지면
막막한 벽이 가로 세워져 있다.
빛을 향해가는 내 몸짓은 더덕더덕
지침의 그림자 속에 젖어가고

언제 올 지 모를 아침을 향해
조금씩 나아간다.

한 걸음 한 걸음 넓고 광활한 새벽의
어둠은 아침 따윈 오지 않을 거라
스스로를 꾸역꾸역 누르고

혹시나 아침의 밝은 빛이 올까 하는 생각에
그 어둠 사이에 외로운 길을 꾸역꾸역
걸어간다.

난 오늘도 언제 올지 모르는 아침을 향해 간다.

새벽공기

까만 도화지 바늘 구멍사이로 비추는 빛과
낮에는 맡을 수 없던 상쾌한 공기가
폐로 가득히 스며든다.
한숨 가득 상쾌한 공기를 마시고 바라본
저 어둠 속 도시의 풍경의
지친 마음속의 오아시스가 되고
덥디더운 여름날의 한잔의 시원한 커피가 된다.

새벽의 공기

아침에 눈을 뜨면
공짜로 마실 수 있는
새벽공기를 느껴보셨나요?
시원하면서 맑은
새벽 공기를 마시며
오늘의 하루도 시작해 보아요.

맞이한 새벽

밤의 끝자락
가장 어두운 밤조차
결연히 물러가고

혼자 나를 맞이하는 시간
나는 서서히 깨어난다

너의 한마디 말
눈빛 하나에도
흔들리던 내 마음

하루 지나고
내일이 멀어질수록

공허하기만 한 내 사랑을
이제
하얗게 흩뿌리려 한다

여명이 비춰오는
새벽이 오려 함에
이별의 반쪽짜리는 그만두고

나는 서서히 깨어나
혼자 나를 맞이하며

기억은 깊숙이 가라앉는다

꽃

새벽의 찰나,
밤이 옅어지는 찰나 속에서
나의 새벽이 피어나기 시작한다.

당신이 피어나면서
고요한 밤이 내리니
내 삶의 타이머는 잠시 눈을 붙인다.

나의 화폭에 밤이 물들며
세상은 잠들어 간다.

새벽 아래 피어나는
잔잔한 시간의 노래.

당신의 새벽

흑색 연필심 같은
까만 밤의 색깔이 옅어진다.

아무도 깨지 않은 고요함 속
문득 궁금해진다.

당신의 새벽은,
어떤 색깔인가요?

연인

깊은 밤이 지나 새벽이 찾아왔다.
어김없이 울리는 전화벨
나의 아침을 깨우는 목소리

미처 잠에서 깨지도 못하고,
허스키한 음성이 전화로 흘러나오면
역시 눈도 뜨지 못한 나는 귀를 기울인다.

"일어났어?"
"응."
짧은 통화와 함께 긴 침묵.

따뜻해지는 전화기만큼

내 마음에도 네가 피어나고

우린 연인이라는 인연으로

서로의 아침을 책임진다.

산책

산책은,

언제나 좋다
어디라도 좋다
누구와도 좋다

산책은,
삶의 비타민을 충전하는 순간,
삶의 시간을 재설정 하는 순간,
삶을 성찰 할 수 있는 철학적인 순간이다.

뭐니 뭐니 해도
제일 좋은 건

혼자서 하는
새벽 산책이다.

온전히
자신과 만날 수 있고
온전히
하루를 선물 받는
그 순간에 서 있을 수 있으니

산책은
두말할 필요도 없이

참
좋다.

여명

뭘 그렇게 매일 찍어?
맨날 똑같은 거 같은데

그런 말에도 아랑곳하지 않고
그 순간을 기록하고 싶은 마음에
저절로 손끝이 카메라로 달려간다.

매일 똑같은 것 같지만
전혀 똑같지 않음을 알기에,
매일 뜨는 태양이지만
우리에게 꼭 필요한 것을 알기에.

그 태양의 알람인 여명이

항상 선물처럼

고맙고

반갑다.

가족도 이와 같지 않을까?

비록 싸우고, 토라지고, 화내고,

슬프고, 우울하다가도

안 보면 보고 싶고, 궁금하고,

그러다가도 보고 있으면 풀어지고

또 새로운 힘을 얻기도 하니까.

여명이 매일 받는 선물이라면

가족은 삶을 살아가게 하는

선물이자,

이유이겠지.

새벽

새벽에게도 새벽이 있다

어제에게도 어제가
내일에게도 내일이
오늘에게도 오늘이
있는 것처럼

공원의 새벽은 다 함께 오고 있다

쥐똥나무, 벚나무, 아카시나무, 은행나무
모감주, 자귀나무, 소나무, 목백합
이팝나무, 마로니에, 버드나무, 오동나무
개망초, 금계국, 달맞이꽃, 철쭉

사철나무, 무궁화, 명자나무 등등

바람 소리가 멋진 키가 큰 이태리포플라
눈 맞추려면 마음부터 열어야 하는
키 낮고 이름 없는 잡초들까지도

공원의 모든 나무와 꽃과 풀과
텃밭의 채소들마저도
새벽을 여는 새벽들이었다

새벽은 저 혼자 오는 게 아니었다

우리의 삶이 그러하듯이

인연

우연

우연히 마주친 것이
우연이 아니라면
당연히 다시 마주칠 것이고

그저 연이라면
우를 범해서라도 한 번쯤은
다시 볼 수 있을 거라고

필연

옷깃이 스치면 인연이라는데
내가 네게 빌려준 한쪽 어깨
그 온기에 내 옷깃이 다 물들었으니
이 정도면 너와 나는 필연이 아닐까

너라는 인연

태어나 지금껏 좋은 인연보다는
악한 인연들을 밥 먹듯이 만났던 나는
너라는 인연이 싫지도, 좋지도 않은
그저 그런 인연일 거라 생각했어.

먼저 말 걸어주고, 살갑지 않은 나에게 다가와
하나라도 더 챙겨주며, 나를 걱정해 주는 너라는
인연은 내게 있어 참 고마운 인연이야

너라는 인연이
굳게 닫힌 내 마음의 문을
똑똑똑 계속 두드려
자꾸만 내 마음을 열고 싶게 해

문득 그런 생각이 들었어
내가 그냥 보통의 사람이었다면
너와 내가 만났을까 하는 생각
만날 인연이었다면 만나겠지만,
지금처럼 이렇게 자주 보며 함께하진 않았겠지...

너라는 인연을 좀 더 빨리 만날 수 있었더라면 어땠을까 하는 생각 드는 요즘
그랬다면 마지못해서 하는 지옥이라는 생각에서 내가 벗어날 수 있었을까 하는 생각이 들기도 했어.

너라는 인연과 함께하는 날들이 더해질수록
너로 인해 내가 많이 웃을 수 있고, 나를 이해해 주고, 나를 아껴주는 너라서
점점 더 너라는 인연이 좋아져~

나를 이해해 주며, 아껴주는 너라는 좋은 인연이
지금 내 곁에 있다는 사실 하나만으로도 신기해~

하지만

지난날 악한 인연들로부터 너무 많은 상처를 받았기에, 그뿐 아니라 좋게 시작된 인연들도 안 좋게 끝나버린 경우도 많았던 터라...

또 다른 한편으로는 불안하기도 하고 , 두렵고, 무서워...

나조차도 나를 아낄 줄 모르는데...
그런 나에게 먼저 다가와
나로 인해 행복하다
네게는 소중한 사람이라고
말하는 너라는 인연

몇십 년을 살면서
아니 내 가족들한테도 들어본 적 없는 그런 말들을
아낌없이 해 주는 너라는 인연에
나는 이미 스며들고 말았다.

만약에

생각의 코드와 서로 공감하는 부분이 많아서
너와 내가 단시간에 가까워질 수 있었지.
우리가 안 지 2년이 채 안 되는데도 불구하고
이제는 서로 얼굴만 봐도 좋아 죽는 사이가 되었어.

근데 말이야
어떤 관계든 영원한 건 없으니까
미리 말해둘게.

만약에 말이야
어느 날 갑자기 나와 연락이 안 되거나 그러면
내 걱정하지 말고 나 따윈 잊어버려

내가 너에게 준 선물들도 싹 다
태워버려

단 한 번도 만난 적 없는 인연인 것처럼
나라는 존재를 잊고 살아줘

다른 사람은 몰라도
너에게만큼은 그리워하는 인연으로 남고 싶진 않
으니까...

누군가를 오랫동안 그리워한다 게 어떤 건지
내가 너무 잘 알아서 그래

나라는 인연과 함께한 모든 흔적들
싹 다 지워버리고 행복하게만 살아

해바라기의 첫 만남

따가운 햇볕에 묻혀진

샛노란 꽃 한 송이,

머루같이 까만 눈을 떨군 채

얼굴을 들지 못하고 있구나...

겨우 감추었던

목을 길게 세우며

웃고 서 있는 그미를

보려고 한걸음에 다가갔다

바람의 숨소리를 통해

몽글몽글한

비눗방울처럼

어깨를 따스히 어루만진다.

화분에 꽃핀 당신 곁에

화분에 꽃핀 당신이

있어 나에겐 선물입니다

하얀 빛줄기가 내려온

하늘이 주는 인연은

바로

날 믿어주는 그대여!

화분에 꽃핀 당신 곁에

그대가 있어 줘서

살아온 인생이 행복합니다.

인연처럼 엄마에게 오다

우연이란 끈이 인연이란 매듭을 만들고 사랑이란 결실을 준다.

엄마는 항상 내 신발 끈을 하트모양으로 묶어주었다.

그 신발 끈을 묶기 위해 무릎 꿇어 신발 끈을 묶고는 나를 올려다보며 "내일은 혼자 할 수 있지?"라고 묻는다.

그러고는 내일이면 다시 반복해서 묶어준다.

그 엄마의 정수리는 하트 모양의 신발 끈처럼 하얗고 아름다움이다.

인연처럼 엄마에게 온 나는 엄마의 보석함처럼 살아라고 애지중지 키웠지만 채우지 못한 텅 빈 보석함처럼 화려하지만 비워진 삶을 살았다...

그렇게 채워주지 못하고 채워진 걸 가져가고 살아

왔다.

엄마는 그렇게 비워지는 나를 보고도 더 필요한 건

가져가라고 열고 또 열어 주신다.

그런 엄마는 오늘도 무릎을 꿇고 반듯하게 내 신발

을 털어주시고는 하트 모양 매듭으로 내 신발 끈을

묶으신다.

그러고는 올려다보시고는 내일은 할 수 있지라고

물으신다.

이제는 그 곱디고운 정수리가 하얗게 세었는데도

말이다.

인연처럼 나에게 온…

지나칠 수 있었던 찰나를 바라볼 수 있다는 건 우연인가 운명인가?

너는 그렇게 지나치는 수많은 찰나 속에 나에게 우연을 가장한 운명처럼 나에게 왔다.

이 운명은 내 전체의 삶이 송두리째 바꿔 놓는 계기가 됐고 그 운명이 나는 나의 다음 인생이라는 걸 알게 됐다.

너는 나의 작고 소중한 내 삶의 전체를 이룰 만큼 큰 자리를 차지하고 내 삶의 방향성을 알려주는 길잡이가 됐다.

그렇게 너는 나에게 기쁨의 선물처럼 다가왔다.

좋아요

좋은 사람을 만나
좋은 내가 된다는 건
더할 나위 없는 좋음이 된다

비로소 너와 나는, 우리가 되며
사랑이라는 수식어를 감당케 한다.

추억과 기억 사이

우리들은 흔히 좋았던 감정의 마침표에

추억이라 부르고

생각지 못한 감정의 느낌표에는

기억이라 부른다.

인연을 잇다

진심을 다해 사랑하는 사람을
잃는 것만큼
가슴 아픈 일도 없고

상처만 주는 사람을
떠나지 못하는 것만큼
바보 같은 일도 없다

소중한 사람을
외면하는 것만큼
슬픈 일도 없고

독이 되는 사람을

가까이 두는 것만큼

위험한 일도 없다

이렇듯 인연이란

어쩌면 우리의 선택에 달린 것일지도 모른다.

서로의 마음을 이해하고

진심을 알아주며

가치를 존중하는 관계가

진정한 인연이 될 수 있는 것이 아닐까?

때로는 떠나보내야 할 사람도 있고,

잡아야 할 사람도 있는 것처럼

그러니 인연을 만들어 갈 때
잘못된 선택은 최대한 피하고
진짜 인연은 소중히 여기자.

길을 잃어도 괜찮아 함께니까

길을 잃고 방황해도 괜찮아.
목적지가 멀어서 힘든 순간에도,
새로운 길을 찾아야 할 때도,
미로처럼 복잡해서
방향을 찾지 못할 때도.

두려움 대신 설렘이 가득 차도록,
낯설다고 생각했던 곳이
모험처럼 느껴지도록,
길의 끝이 어디든,
돌아가는 길마저
우리의 추억이 될 수 있도록.

함께라면 어떤 어려움도 극복할 수 있어.

서로의 손을 맞잡고,
서로에게 힘이 되어주며,
함께 걸어가는 이 순간이
가장 소중한 기억으로 남을 거야.
함께니까 괜찮아.

진짜와 가짜

내가 우울하고 힘들 때,
인연을 만들지 마세요.
가짜를 진짜로 믿기 쉽습니다.

좋은 인연 열 명보다
가짜 인연 한 명이 더 큰 상처를 남겨요.

나를 멋지다고 느끼게 해주는 사람이
진짜 인연입니다.

진짜는 내가 힘들 때보다
내가 잘됐을 때 진심으로 기뻐해 주는 인연입니다.

그래서 진짜 인연은 언제나 내 곁에 머물며
기쁨과 슬픔을 함께 나누고
나를 더 멋진 사람이라고
느끼게 해주는 사람입니다.

그런 인연을 만나기 위해서는
제일 먼저 나 스스로를 사랑하고,
사람을 대할 때 진정성 있게 대해야 합니다.

인연은 우연처럼 찾아오지만,
그 인연을 진짜로 만드는 건
서로의 노력과 마음입니다.
노력 없이 이루어지는 인연은 없어요.

나에게 찾아온 진짜 인연을 소중히 여기고,
그들과 함께하는 순간을 감사히 여기면
내 곁에 가짜 인연은 남지 않을 거예요.

그녀와 그의 이야기1

"P야, 그냥 한번 만나보면 어때? 정말 괜찮은 사람이야."

"아니에요 언니. 저는 괜찮아요"

언제나처럼 거절이다. E는 아동복 회사의 디자이너다. P는 여성복 디자이너로 한 달에 한 번 원단 공장을 찾아갈 때 만나는 동생이다. E는 어리고 예쁘고 똑 부러지기까지 한 P가 연애도 안 하고 솔로인 이유를 도통 모르겠다. 소개팅을 시켜주려고 해도 한사코 사양한다.

P는 쥐고 있던 마지막 옷 디자인을 마무리하고 퇴근을 준비했다. 서울 작은 아버지 댁에서 살고 있

는 P는 퇴근 후 빠른 걸음으로 귀가한다. 아무래도 어른들과 함께 살다 보니 자취 하는 것처럼 자유롭게 돌아다니기는 힘들다. 씻고 누워서 좋아하는 잡지를 보고 예쁜 옷들을 구경하는 시간이 제일 행복하다. 24살 아직 하고 싶은 거 많은 나이가 아닌가? 남자는 아직 잘 모르겠다. 남들은 왜 연애를 안 하냐고 하는데 나는 충분히 인생을 잘 즐기고 있기 때문에 연애 생각이 잘 안 난다. 연애도 안 하고 있는데 결혼은 더 머나먼 일이다. 막연하게 누군가와 결혼하게 된다면 배울 점이 많고 존경할 수 있는 사람을 만나고 싶다는 생각만을 해봤을 뿐이다.

작은아버지가 의류 사업을 시작한다고 의상실의 디자이너를 구한다고 했을 때 나도 모르게 내가 하겠다고 나서버렸다. 청주에 살던 내가 무슨 용기로 부모님과 떨어져서 서울로 올라와서 살겠다고 했는지. 마도로스로 배를 타고 다닌 아버지를 닮았기 때문일까. 새로운 도전에 대해 두려움보다는 설렘을 먼저 떠올렸다. 그렇게 올라온 서울 생활은 그렇게 녹록지 않았다. 하지만 평소 관심이 있던 디자인 공부도 계속할 수 있는 것이 좋았다. 또 매일 새로움이 가득한 서울 어느 한 곳에서 내가 반짝반짝 빛나고 있다는 사실이 나를 행복하게 만들었다.

의상실이 생각보다 시원치 않아서 작은아버지는 남대문에 옷 가게를 추가로 오픈했다. 남대문 옷 가게는 주로 작은 어머니가 자리를 지키셨다. 당시 남대문 시장 옷 가게들은 가게 안쪽에 작은 하꼬방이 따로 있는 가게들이 많았다. 다닥다닥 붙어 있던 가게들 안쪽에서 먹고 자고 생활하는 사람들이 꽤 있었다. 작은어머니도 가끔 가게에서 주무시고 집으로 귀가하시곤 했다. 자연스럽게 가게를 운영하는 사장님들끼리 친해지기 마련이다. 건너편 옷 가게 사장님과 친해진 작은어머니는 가끔 내가 가게에 들러서 옷을 갖다 놓을 때 자연스럽게 앞집 사장님에게 소개해 주셨다. 그렇게 인사를 드리고 나서는 남대문에 갈 때마다 내게 좋은 말씀을 해주셨다.

"P는 항상 뭐가 그렇게 좋은지 웃고 다니는 것 같아"
"감사합니다 아줌마.'

"오늘은 또 무슨 좋은 일이 있어서 그렇게 얼굴이 활짝 피었어?"
"에이~ 무슨 일은요. 날씨가 너무 맑고 화창하잖아요."

우리 집은 대학교 근처에서 하숙을 했다. 한때 <응답하라 1994>라는 드라마가 히트를 쳤다. 우리 집은 딱 그 드라마의 모습같이 낭만이 있었다. 내 동생은 하숙생 중 한 명과 연애를 했다. 둘이 꽤나 진지하게 만남을 갖고 있던 중 남자 친구의 부모님이 사고로 돌아가셨다. 자연스럽게 남자 친구가 밑에 동생들을 책임지게 되어 빠르게 결혼을 해야 된다는 연락을 받았다. 동생은 오 남매 중 셋째였는데 집안 어른들은 약혼은 절대 안 된다고 결사반대를 하셨다. 지금 생각해 보면 그게 뭐가 그리 문제인가 싶다. 하지만 그 당시 사회적으로 그러하다고 생각되는 것들을 거스르기는 쉽지 않았다.

그렇게 나는 갑작스럽게 결혼을 해야 하는 입장이 되고 말았다.

그녀와 그의 이야기2

결혼을 빠르게 준비해야 된다는 소식은 그야말로 날벼락이었다. 연애에 관심도 없었고 만나는 사람도 없는데 결혼이라니! 하지만 내 의지와는 다르게 세상을 아무 일도 없는 것처럼 잘 흘러가지 않는가. 집안 식구들이 내 혼처를 찾기 위해 고군분투했다. 지금이야 '자만추'(자연스러운 만남을 추구함) 라지만 우리 때만 해도 선을 봐서 결혼하는 건 일반적인 일이었다. 작은어머니 가게에 자주 왔다 갔다 했던 나를 눈여겨보시던 건너편 사장님이 발벗고 나섰다. 본인의 육촌 조카가 있는데 짝으로 맺어주기 제격이라는 거다. 생각해 보니 어쩐지 그 사장님 오고 갈 때 나를 보는 눈빛이 예사롭지 않았다.

육촌 조카라는 K 씨는 나보다 두 살 많은 회사원이었다. 사회생활을 시작한 지 얼마 안 되는 사회 초년생인데 똑똑하고 남자다워서 나와 잘 어울릴 거라고 했다. 그렇게 우리 오빠와 동갑인 K 씨와 만남을 준비하게 됐다. 시청역 근처 플라자 호텔에서 만나기로 한 주말. 명색의 선 자리인데 대충 하고 나갈 수는 없었다. 워낙 멋 내기 좋아하는 탓에 힘주는 날입는 의상은 여러 벌이 있었다. 빨간 주름치마에 앙고라 털로 된 스웨터를 입었다. 목도리를 하고 까만반코트를 걸쳤다. 요즘 유행하는 미스코리아 파마머리에도 힘을 주고 부지런히 드라이를 했다.

나는 무표정은 잘 어울리지 않는다. 아무 생각 없이 가만히 있을 뿐인데 화가 났냐며 묻는 사람이 태반이다. 그래서 웃기 시작했다. 그렇게 시작된 습관은 어느덧 자연스러운 내 표정이 됐다. 이가 보이게 활짝 웃는 모습은 내 시그니처다. 호텔 로비를 들어가 카페 문을 열고 들어가는 순간 저 멀리서 나를 보며 똑같이 활짝 웃고 있는 한 남자가 보인다.

그와 연애를 시작하고 가장 많이 듣는 소리는 남자 친구가 잘생겨서 좋겠다는 말이었다. 처음 선 자리에서 그를 만났을 때부터 지금까지 잘생긴지 전혀 모르겠는 나로서는 갸웃할 뿐이다. 나도 어디 가서 외모로는 지지 않는데 K와 만나면서는 주변에서 K에 대한 외모 칭찬 일색이다. 그냥 눈이 좀 부리부리하고 이목구비가 뚜렷한 그뿐 아닌가.

K와 연애를 시작하며 한 달에 60번을 넘게 만났다. 이렇게까지 적극적인 사람을 만나 본 적이 없다. 구로에 있는 회사로 출근하기 전 보광동에 와서 나를 만나고 우리 집에서 같이 아침밥을 먹었다. 하루 이틀 찾아왔을 때는 작은어머니 작은 아버지도 놀라셨지만, 매일매일이 되니 그러려니 하시고 수저를 하나 더 놓으셨다. 그렇게 아침을 먹고 회사로 출근을 하고 잠깐 외근을 나왔다면 일하고 있는

의상실에 들러서 간식을 주고 간다. 퇴근을 하면 또 나를 데리러 왔다. 이쯤 되니 의문이 들었다.

"이 사람 제대로 일하는 사람 맞아?"

이렇게 만나니 하루에 만나는 횟수가 6~70번은 훌쩍 넘어갔다. 그렇게 반년 정도 연애를 했지만 실제로는 1년 그 이상을 만나 온 커플처럼 가까워졌다. 그렇게 연애를 하며 결혼을 준비하게 됐다. 나는 본가인 청주로 내려가서 신부 수업을 준비했다. 요즘 시대야 신부 수업 같은 게 웬 말이냐 싶겠지만 우리 때는 그랬다. 결혼해서 현모양처가 되기 위해 요리도 배우고 집안일도 배우고 나름 결혼을 앞두고 정신이 없었다. 하지만 청주로 내려간 나를 보기 위해 K는 주말마다 청주로 내려왔다. 거리만 멀어졌을 뿐 데이트하고 둘이 노느라 정신없이 그렇게 시간을 보냈다. 말만 신부 수업이지 신부 수업인 척하는 장거리 연애에 돌입한 것과 다를 바 없었다.

이제 와서 하는 말이지만 K는 연애 시절 대놓고 팔불출이었다. 한번은 선물로 1m가 넘는 편지지에 자기 마음을 담은 연서를 절절하게 써준 적이 있다. 지금도 보관함에 있는 이 편지는 가끔 봐도 대단하다 싶다. 그런데 이 편지를 어머니 옆에서 배를 깔고 누워서 열심히 썼다고 한다. 나도 아들이 생기고 나니 시어머니의 마음이 이해가 간다. 아들 놈이 옆에서 연애하는 애인한테 준답시고 편지를 그렇게 쓰는 모습을 보면 얼마나 서운하고 울화통이 터질까 싶다. 그때 시어머니가 물으셨다고 한다.

"K야, 그렇게도 P가 좋으냐?"

그렇게 짧지만 짧지 않은 연애를 끝으로 우리는 결혼식을 올렸다. 남들과 똑같이 평생 함께하자는 약속으로 함께 잡은 두 손 꼭 잡고 영원히 행복하자는 사랑의 서약을 맺었다.

그녀와 그의 이야기3

막상 결혼을 준비하게 되니 크게 신경 쓸 것들이 없었다. 신혼집은 시부모님과 함께 살고 있는 집으로 들어가기로 했다. 시어머니는 혼수는 사 올 필요 없이 그냥 현금으로 들고 오라고 했다. 하지만 나는 기어코 새 냉장고 새 세탁기를 혼수로 마련해 갔다. (지금 와서 생각해 보면 현금으로 딱 들고 오면 될 걸 말 안 듣고 혼수를 해온 며느리가 얄미웠을 것 같다. 거기에 금쪽같던 장남은 팔불출이 돼서 자기 와이프만 바라보고 있으니 시어머니 입장에서는 복장이 안 터질 수 없었을 것 같다.)

K는 두 살 많은 본인을 오빠라고 부르라고 했다. 나는 친오빠가 따로 있는데 왜 오빠라고 불러야 되

는지 모르겠다고 말했다. 결국 항상 K를 만날 때 OO 씨라고 불렀는데 이제야 후회가 된다. 그 쉬운 오빠 소리 한번 불러줄걸. 요즘은 가끔 OO 오빠 ~ 하고 부르지만 연애할 때의 그 기분은 아닐 테니 말이다.

결혼을 앞두고 서로의 가까운 사람들을 차근차근 만났다. 친인척들을 만났고, 친한 친구들을 소개해 줬다. 고등학교 친구들도 소개해 주고 초등학교 동창들도 함께했다. K를 만난 주변 모든 사람들이 입을 모아 칭찬했다. 정말 괜찮은 사람 같다며 결혼 잘하는 것 같다고 부러워했다. 하지만 K도 나를 만나서 결혼하는걸? 지금까지도 K가 나를 만나서 결혼한 건 땡잡은 거라고 생각한다.

K의 고등학교 동창들과 부부 동반의 모임을 갖게 됐다. 친구들 중에는 오래된 커플도 있었다. 첫 부부 동반 모임이라 설레는 마음으로 사람들을 만났

다. 종로 한 술집에서 약속을 잡았다. 생각보다 주
말 종로에는 사람이 많았다. 여기저기 사람들로 붐
비고 차가 너무 많아서 약속 시간보다 조금 늦게
도착했다. K의 손을 잡고 약속 장소로 문을 열고 들
어갔다.

"늦어서 죄송합니다."
"안녕하세요."

일행 테이블을 찾아서 K와 고개를 숙이고 죄송하
다 인사를 하며 들어갔다.

"어? 너 P 아니야?"
"E 언니?"

의상실에서 일을 할 때 만났던 E 언니가 앉아 있
었다.

"어머 언니 뭐예요? 왜 여기 있어요."

"나는 남자 친구 따라왔지. K 씨 결혼한다는 얘기 듣고 왔는데 K 씨가 결혼한다는 사람이 너였어?"

"네 언니. 어떻게 지냈어요. 너무 반갑다. 저 K 씨랑 결혼해요."

"뭐야 E 씨랑 자기랑 어떻게 알아?"

"K 씨, 내가 예전에 소개해 주고 싶다고 했던 동생이요. 그 동생이 P에요. P야 내가 소개해 주려고 했던 사람이 바로 K 씨야. 어머 이게 웬일이니."

"언니가 소개해 주려고 했던 사람이 K 씨였다고요?"

"그래~~ 잘생기고 예쁘고, 둘이 만나면 너무 잘 어울릴 것 같아지고 소개해 주려고 했지. 그때 그렇게 관심 없다고 거절하더니 결국 그 사람이랑 만나서 결혼을 하네?"

사실 운명이라는 게 정말 있는 건지 모르겠다. 내가 그때 E 언니의 소개를 받아서 K 씨를 만났다면 어떻게 됐을까? 우리는 그렇게 연애를 하게 됐을까? 어떻게든 만날 인연은 만나게 되어있다는 말이 있다. 나와 K는 그렇게 만날 인연이었던 것 같다. 결혼에 관심이 없던 내가 K와 연애를 하게 된 것도 평소에 돈 쓰는 게 그렇게 아깝던데 나에게 쓰는 돈은 전혀 아깝지 않아서 나와 결혼을 하게 될 것 같다고 느꼈다는 K도 서로의 연인이 되기 위한 인연이었겠지.

내 이야기를 들은 딸은 연애 때 K가 대구에 출장을 갔다가 청주까지 나를 만나러 와서 감봉을 받았다는 얘기를 듣더니 '아주 세기의 사랑을 하셨구먼' 하며 박장대소했다. 적어도 나와 K에게는 그렇다. 우리 스토리가 그 어떤 드라마나 소설보다도 생생하게 마음속에 새겨진 리얼의 이야기다. 다시 생각해도 가슴 떨리는 우리 이야기는 40여 년이 지난 시간 동안 단단해졌다. 그 단단해진 씨앗이 K와 내 마음속에 심어져 더 많은 추억의 열매를 맺고 잎이

폈다. 살면서 운명적인 만남이 있다는 건 큰 축복
이다.

수트입은 모습이 퍽 괜찮다.
일어나서 인사하는 모습도 젠틀하네?
키가 꽤 큰 것 같은데...

나도 웃는 걸 좋아하는데 저 사람도 웃는 걸 좋아
하나?
강해 보이는 인상과 다르게 웃는 모습은 해맑네.

느낌... 괜찮은데?

연, 꽃,

작은 창문 너머 희미하게 보이는 무수한 꽃밭에
나비 한 마리 팔랑팔랑 날아와
꽃 한 송이 정해 고이 앉는다

내가 보기에는
꽃잎 다섯 개,
이파리 두 개,
모두 똑같이 생긴 꽃인데
나비는 제 자리를 어떻게 알았는지

다음날에도, 그 다음날에도, 또 그 다음날에도

제 자리 찾아
그 자리 그대로 지켜내고 있다

아,
본디 연이란 그런 것인가
눈 두 개,
코 하나,
입 하나,
모두 똑같은 사람들이 살아가는 세상 속에서
제 자리를 찾아, 제 꽃을 찾아 앉은 나비 같은 것인가

그것이 달빛에 비추어진 것인지,
혹은 홀로 빛을 발하는 것인지는 몰라도
본디 연이란
나, 한 마리의 나비가 되어
제 꽃 찾아 앉아있는 것인가

연이란 그런 것인가

그런 한 송이의 꽃 같은 것인가

새벽이 오니 인연이 왔다

내가 전한 새벽 그리고 내게 온 인연

(1)내가 전한 새벽
보아야 안심된다.
첨예한 바늘 끝이
피부를 뚫고,
혈관에 박히는 것을
보아야 안심된다.
보지 않으면 불안하다.

보아야 전해진다.
내 눈빛이
상대의 눈을 뚫고,
마음에 박히는 것을
보아야 전해진다.

보아야 안다.

내가 전한 것들이

그리고, 상대가 전한 것들이

어디로 향하는지

보지 않으면 모른다.

(2)내게 온 인연

새벽이 오니 인연이 왔다.

인연이 오기까지

2년이 걸렸고,

이 새벽이 오기까지

2시간이 걸렸다.

인연은 여렵고,

이별은 쉽다.

맺어지는 데 2년,

끊어지는 데 2초가 걸렸다.

아아,
관계 하나 맺는데,
2년 2초가 걸리는 것이
정녕 사실이란 말인가.

맺는데 2초만 단축해도
이별은 없을 터인데 말이다.

인연을 위한 무소유

사람들은

흡연하지도 않는데,
라이터를 소지하고 있으면
흡연자란다.

배고프지도 않은데,
주걱을 들고 있으면
대식가란다.

사랑하지도 않는데
네 곁에 있으면
집착이란다.

그립지도 않은데,
널 그리고 있는걸,
사람들이 보면
화가란다.

들고 있는 것을
모두 버리면 되는데,
아무런 행동도 안 하면 되는데,
그러지 못하는 나를 보면
화가 난다.

새로 지은 벽 그리고 인과 연

새로 지은 벽
그리고 인과 연.

그리고 너.

새벽마다 널 그리워하고,
흰 백지 위에 널 그린다.
그리고, 그 위에 그려진
너의 그림에게
내가 새로 지은 벽을 소개한다.

그 벽의 이름은
새벽이다.

새벽마다 널 그리워하고,
새로운 인과 새로운 연을
찾기 위해 한적한
새벽 거리를 거닐다
널 발견한다.

내가 본 너는
내가 새로 지은 벽에
붙어있다.

너도 새벽마다
날 그리워했었구나!

이제 동틀 시간이야.

인연

누군가의 인연이 이어져

모든 이의 세상이 이뤄져

붉은 실

영겁의 시간 속 너와 내가 만날 확률
무량한 공간 속 목적지가 같을 우연

시공간을 거슬러 만날 인연이었다면
우리의 만남은 이미 예견되어 있던 게 아닐까

눈이 마주칠 수 있었던 이유
말이 잘 통했던 이유

아직 풀어보지 않았지만
정답임을 확신할 수 있어

그래 인사부터 시작하자

운명이 인연이 되고 인연이 연인이 될 때까지

너로부터 시작된 실의 끝에 내가 있을게

급하지 않게 천천히 그리고 소중히

풀어진 붉은 실이 다시 묶이지 않게

인연이면...

고정시킨 단추가 풀려도 그 자리듯
공간이 바뀌어도 연결된 고리된 건
다른 시간 흘러가도 다시 만난 바다같이
스친 순간 알게되는 느낌일 거야...

눈길조차 가지 않던 마음앓이가...
한마디로 채워줄 한켠이되고...
하루라는 둘레길을 같이 걸으면
생각하지 않아도 생각이 나는
그 이름 하나가 서로 되겠지...

다시는 돌아오지 않을 이 시간에도
아끼고 아껴둔 말 닿을때까지...

좋으면 좋은 대로 싫으면 싫은대로

가져보지 못한 시간 없을 때까지...

미용실과의 인연

지금 살고 있는 집에 이사를 온 지 20년 정도가 됐는데, 온 직후부터 다니던 미용실이 있다.

아버지도 그곳에 다니셨으니 부자가 나란히 20년 동안 같은 미용실을 갔었던 게 된다. 미용실 원장님은 항상 미소로 반겨주셨었는데, 나도 그 따뜻함에 계속 다니게 된 것이 아니었을까.

원장님은 손님들 머리를 자르면서 앞에 놓인 거울을 매일 보게 되는데, 거기에 함께 비치는 자신의 모습을 보며 항상 얼굴에 늘어나는 주름 등 노화의 흔적을 싫어도 보게 된다면서 안타까워하시곤 했다.

손님이 안 올 때 거울을 청소하다가 먼지 같은 게 묻어서 닦으려 했더니, 먼지가 아니고 얼굴에 새로 생긴 점인 걸 깨닫는 경우도 종종 있다고 하셨다. 27년을 미용실을 운영하시다가 건강이 너무 안 좋아지셔서 결국 올해에 가게를 닫게 되었지만, 미용사를 했었던 것에 대한 후회는 한 점 없으시다고 했다.

수많은 손님들의 머리를 다듬고 자르면서 많은 얘기를 나누었고, 많은 경험을 할 수 있으셨다고.

그렇기 때문에 더 이상 미용사 일을 하기 힘들 정도로 몸이 망가진 상태더라도, 홀가분하게 떠날 수 있으시다고 하셨다.

이렇게 된 김에 평소 가보지 못했던 가족 여행을 가보시겠다고 하더라. 주 6일 근무로 인해 지친 몸과 마음을 달래며 웃으시면서 연금도 받고 쉴 거라고 하셨다.

대개 사람들은 보통 변화에 민감하다. 각자 정해진 생활 규칙과 습관 등이 일상생활 속에서 자신만의 기준으로 정해져 있기 때문에 그걸 바꾸는 것에 대한 거부감 등이 무의식중에 존재한다.

그러면 과감한 변화를 선택할지, 기존의 방식을 고

수할지 선택의 순간이 다가오는데 그 선택의 여파로 인해 앞으로의 삶이 크게 바뀌는 경우도 있을 수가 있고, 결과를 받아들이지 못하고 크게 후회하기도 한다. 하지만 애초에 선택이란 정답을 고르는 게 아니라 나아가야 할 방향을 결정하고 그것에 대한 책임을 자신이 지는 것이라고 생각한다. 시간이 지나고 나서 나중에 '그때 그걸 왜 고르지 못했을까' 하며 선택을 못 한 것에 후회하는 것보다는 어차피 후회를 하게 될 거라면 일을 저지르고 나서 후회를 하는 게 미련이 조금이라도 적게 남을 것이기 때문이다. 그 뒤로 시간이 많이 흐른 뒤에 다시 이 기억을 떠올리면서

'그래 그랬던 적도 있었지'라며 자연스럽게 넘길 수 있다면 그것으로 충분하다고 생각한다.

인연의 끝

처음 시작이 좋지 않았다고 해서
그 만남이 좋은 인연이 아니었다고는 말할 수 없다.
시작이 안 좋았다고 해도
과정이나 그 끝의 헤어짐이 좋게 마무리되었다면
그건 좋은 인연이라고 말할 수 있게 될 테니까.

만남이 있으면 그다음으론 반드시
헤어짐이 있으므로
어떻게 마무리를 매듭 짓느냐에 따라
좋지 않은 시작으로 연결된 인연도 결국
좋은 인연으로 기억될 수 있을 것이라고.

집 나간 심장이 맺어준 나의 매니저

어마마!! 이게 무슨 일이죠
단거리 달리기를 하겠다고 나간 심장이
돌아오질 않고 있어요

어마마!! 이게 어떻게 된 일이죠
주인도 나 몰라라 한 채 질주 본능으로
달려간 심장이 당신 옆에 있네요

오늘부터
집 나간 제 심장의
매니저가 되어주시겠습니까

희미하다는 건

동그라미 두 개를 그려보아요

희미한 동그라미
진한 동그라미

그 선을 벽이라 생각한다면
희미하다는 것도 나쁘지 않네요

저 진한 동그라미 벽보다
누구나 받아줄 거 같은 희미한 벽이
좋아요 저는

마법의 물약

호우가 내린다는 걸 알면서도
너는 무심하게 그 자리에서 나갔어
우산, 비옷 하나 걸치지 않은 채

박차고 나가던 그런 너를 잡지 못한
내 손이 그렇게 아니꼽게 느껴진 것은
그때가 처음이었고 앞으로도 없을 거로 생각했지

고작 그 하나가 무엇이었길래
너와 나의 사이에 큰 골짜기를 만들었는지

구실을 찾고 찾아서
이름은 없지만 효과는 좋다는

마법의 물약을 찾았어

마셔보지 않겠니
내 목소리를 듣고 있다면 말이야.

백룸

방 안에 구겨진 두 명
이것은 사랑이다

빈 공간은 실제로 비었는데
걷다 보면 가시가 박히고
차가운 사슬이 감긴다

뒷걸음질 치는 행동은
진심이 아닌
퍼포먼스일 뿐

조용히 한숨을 내쉬니
바닥에 공기가 깔린다.

벽에 수증기가 맺히고
덕분에 눈물이 숨는다

끝까지
아픔을 나눠 먹는
인연이길 바랐는데

인연의 반대어는
연인일까 악연일까

산소가 부족하다

무거운 몸으로
문을 열어보니
뜨거운 바람이

새벽이 오니 인연이 왔다

나의 얼굴을
길게
느리게
쓸어내리고

숨을 참은 채
뒤돌아봤지만

이미 없다

당신도
공간도

뒤늦게
울어도

결국엔

아무도

없다.

새벽이 오니 인연이 왔다

뒤집으면

그날 보았지
어떤 갈래 길을
뒤집으면 끝나는 지점인 그 길을

다른 가지에서 태어나
어떤 계절에 맞물렸고
거친 손을 꽉 잡았지
걷는 속도마저 같아 운명이라고 불렸던
그 시간들
뒤집으면 갈라지는 그 시간을 영원이라 추앙했지

우리의 손은 한없이 약하고
못내 놓아야 하는 순간에는

갈래 길로 발을 옮겼지

나는 이쪽

너는 저쪽

인연을 뒤집으면 연인인데

연인을 뒤집으면 그게 아닌 것이

나는 참 미웠다

교차 지점 없는 갈래 길에

너와 나,

둘만 남았다.

인생사 인연의 영겁

나의 인연은 어떨지 생각한다. 살면서 좋은 관계도 있고 나쁜 관계도 있다. 좋은 인연은 영원히 함께 하고 싶지만 이내 정리되기도 한다. 인생에서의 악연도 있게 마련이다. 왜 저런 사람과 엮여서 이런 경험을 할까 하는 이들도 있다. 그럴 때는 미련 없이 끊는게 맞는 거다. 굳이 계속 이어갈 이유가 없다. 좋은 인연이 계속되기를 바란다. 인생사가 어찌 내 마음대로 뜻대로 되어가는가 불교에서는 인생을 업보라고 한다. 우리의 인생은 사람들과의 만남의 연속이다. 이를 통해서 사람과의 관계가 지속된다. 다양한 인생 군 속에서 어떤 이들과 인연을 이어갈지에 대해서 선택과 판단이 이루어져야 한다. 우리네 삶이 고민과 번뇌가 없을 수 있으려면 인간

관계에서의 문제가 반 이상이지 않을까 싶다. 항상 좋은 일만 있을 수는 없다. 인생사가 문제와 사건의 연속인 듯하다. 그 속에서 최선의 답을 구할 수 있는게 지혜와 삶을 살아가는 법을 아는 게 아닌가 싶다. 내 나이 이제 40대 중반이다. 아직 인생을 살면서 부족하고 알아야 할 게 많아야 한다. 연륜이 쌓이면 익어가고 성숙하고 멀리 볼 수 있다고 하지만 아직 나는 아이와 같고 근시안적이며 단맛 나는 초콜릿만 쫓는 개구쟁이 철부지 아이 같다는 생각이 든다. 언제쯤 의젓하고 성숙한 내 모습이 될 수 있을까 하는 생각이 든다. 우리네 시간이 나를 기다려 주는 곳이 아니다. 시간은 정처 없이 흘러간다. 과연 나의 인생이 어떤 방향으로 진행되어지는지에 대해서 의문을 가질 때가 있다. 그 속에서 방황하는 나를 볼 때도 있다. 나의 인생의 길에서 만나는 이들과의 연에서 좋은 만남을 추구했으면 한다. 아닌 사람과의 관계는 정리하는 게 맞다고 본다. 내가 쓴 책으로 인해서 독자들과의 인연은 어떤 걸까 하는 생각이 든다. 지금까지 전자책을 여러 권 썼다. 혹자들은 전자책은 원고만 있으면 낼 수 있는 거여서 쉽다고 폄하한다. 맞다. 쉽다 누구나 마음만 먹으면 낼 수 있다. 하지만 실행하지 않는 이들도 있다. 내가 쓴 전자책을 통해서 나의 생각과 아이디어들이 독자들에게 조금이나마 도움이 되기를 바란다. 가끔 글을 쓰고 책을 내는 게 참으로 재미있기도 하지만 신중해야 할 일이라는 생각이 든다. 내가 그만큼의 실력과 앎을 지니고 있는지에 대해서 자문을 할때도 있다. 하지만 가만히 있으면 아무 일도 일어나지 않는 것처럼 매번 시도하고 도전하고 추진하면서 우리네 인생에게 변화가 온다고 생각한다. 실패와 남들의 비난을 두려워해서 아무것도 하지 않는다면 그만큼 우둔한 것도 없다는 생각이 든다. 우리는 매일 새로운 인연을 쌓아가고 있는 중이다. 그 속에서 행복과 즐거움도 있고 아픔과 고통의 좌절의 시간도 있다. 항상 좋을 수는 없다. 그건 이상적인 세계에서나 가능하다.

현실은 아픔과 고통이 많다. 그런 예기치 않은 사건들 중에서 이를 어떻게 받아들이고 극복하는냐가 각자에게 주어진 인생을 살아가는 깜냥이라는 생각이 든다. 내일 나는 아침이 되면 새로운 인연을 쌓기 위해서 나아갈 것이다. 그 속에서 좋은 인연만 마음속에 간직하기를 바란다. 날씨가 덥다. 요 며칠 장마로 인해서 매일 비가 왔다. 기분이 울적했다. 흐린 날씨의 연속속에서 비에 젖은 옷이 불쾌함이 나를 짓눌렀다. 하지만 우리의 일상은 계속되어야 한다. 손에 들고 있는 우산이 세찬 비를 막는 데 역부족이었다. 그 비속을 뚫고 나는 목적지에 가야 했다. 음악회를 가는 길이었다. 문화생활을 좋아하는 나에게 비는 곤욕이었다. 목적지에 가서 공연을 감상했다. 예기치 않은 공황장애가 왔다. 순간 공연에 집중할 수 없었다. 밖으로 나와서 심호흡을 했다. 괴로웠다. 마치 큰일이 날 듯 나의 몸은 신호를 보내고 있다. 어쩌면 공황장애라는 이 질병 또한 내가 가진 업보가 아닐까 하는 생각이 든다.

내 보내고 싶지만 나와 함께 있는 이놈과의 평화를 지키기 위해서 노력해야 할 듯하다. 책을 출간하고자 투고를 했다. 여러 출판사에서 거절의 메일을 받았다. 지금 이 글을 싣게 되는 출판사에서도 거절을 받았다. 나의 원고의 인연이 닿는 출판사를 찾기까지 이렇게 어려운가 라는 생각이 들었다. 서점의 매대에 내 책을 놓여지는 게 이렇게 힘든 일인가 하는 생각이 들었다. 여러 우여곡절과 시행착오 끝에 한 출판사와 계약을 해서 책을 낼 듯싶다. 내 삶은 쉽게 되는건 없는 듯하다. 누구는 출판사 대표가 출간의 제의하는 호사도 누리지만 나는 항상 시행착오를 거쳐야 한다. 투고라는 험난한 관문을 뚫어서 어렵게 결과물을 내는 내 모습을 보면서 더 성장하고 발전하려고 그런가 하는 생각을 가지게 된다. 나는 매일 글을 쓰고 책을 읽고 쓰고 있다. 때로는 부족한 나의 실력에 가끔식 좌절하고는 하지만 이내 계속 쓰게 된다. 그런 좌절 하고 움츠려 있을 때 더욱 한보 나가기 위해서 전진하려고 한다. 비가 오고 있다. 이 비를 통해서 대기 속에 있는 먼지와 찌꺼기가 사라졌으면 한다. 한주 열심히 일하고 버거킹에서 먹는 딸기 아이스크림 속에서 행복이란 이런 거라는 느낌이 든다. 에어컨을 쐬면서 나름 행복을 가져 본다. 한강 산책길에 문득 만난 해치카를 타면서 동심에 빠져본다. 우리네 속에 행복이란 멀리 있는 게 아닌 듯 싶다. 파랑새라는 동화 속에서 주인공들이 새를 찾아 이리저리 헤메였지만, 결국 가까운 집에서 발견하듯이 우리네 행복은 진정 내 안에 있다고 생각한다. 지금 찬양을 들으면서 노트북을 켜고 자판을 두드리고 있다. 이게 소소하지만 나에게 주어진 행복이 아닌가 싶다. 얼마 전까지 노트북도 없었던 나였지만 작가임에 노트북 한 권 정도는 있어야 한다는 생각에 장만하게 되었다. 이 노트북과 나와의 연은 어떤 것일까 하는 생각도 든다. 나는 물건과도 정이 든다. 그래서 쉽게 물건을 버리지 못하는 습성이 있다. 모든 물건들이 나에게 소중하다고 생각한다. 우리의 인생이 절간에 꼭 박혀서 속세를 떠나서 살아가지 않는 이상 사람들과의 관계는 계속되리라 본다. 그 속에서 재미난 인연들이 이어졌으면 한다. 가끔 나에게 참으로 도움이 되는 이들도 있고 나에게 방해가 되는 이들도 있다. 목욕탕에서 만나는 사람들은 어떤가 나체의 몸을 보여주면서 각자의 몸을 씻는다. 혐오스럽기도 하지만 태초 모습의 인간이 되어간다. 실오라기 하나 걸치지 않고 이 땅에 온 각자의 삶들이다. 옛 대중가요 가사처럼 알몸으로 태어나서 옷 한벌을 걸쳤다. 수지 맞는 장사는 했다. 하지만 사람의 욕심이라는 게 끝이 없다. 하나를 가지면 두 개가 있었으면 한다. 그게 사람의 마음이다. 얼마 전 낸 책이 잘 안되고 있다. 그래서 무리해서 이곳저곳 단톡방에 책사진을 퍼날랐다. 괜스레 욕만 먹는 듯싶다. 내 책의 인연이 닿는 독자들이 있을 텐데 괜스레 조바심을 내면서 난리 치는 게 아닌가 싶다. 이제 2024년의 시간도 반이 지났다. 크리스마스 예배를 드린 게 엊그제 같은데 벌써 여름이다. 이렇게 조금 이따 보면 송년회 하는 시즌이 될 듯하다. 한가지 한가지씩 성취하는 삶이 되었으면 한다. 올해는 종이책을 많이 내보고 싶다. 그래서 이렇게 글을 쓰고 있다. 졸리다. 자고 싶다. 벌써 새벽 한 시가 넘었다. 내일의 일상을 위해서는 잠자리에 들어야 한다. 언젠가부터 계속 외롭다는 생각이 들었다. 나의 반쪽은 어디에 있을까 하는 생각이 든다. 사람의 인연이란 어떻게 되는 건지 모른다. 좋은 사람을 만나고 싶다. 그래서 가정도 이루고 나를 닮은 아이도 낳아서 기르고 싶다. 하지만 현실적인 제약이 있는 듯하다. 제일 커다란 건 경제적인 부분이다. 자리를 잡아야 한다. 내가 설자리를 서고 이성을 찾든지 해야겠다. 그래도 혼자 있으면 외롭다. 나의 반쪽을 찾아줄 이가 어디에 없는지 찾고 싶다. 한주 근무를 하고 와서 피곤하다. 요즘에는 날씨가 많이 더워서 가만히 있었도 짜증이 난다. 이 여름을 잘 보내면 좋은 이를 만날 수 있지 않을까 하는 바램을 가져본다. 내가 좋은

새벽이 오니 인연이 왔다

사람을 만나기 위해서는 좋은 이가 되어야겠다. 그리고 나의 삶을 사랑하며 아끼어야겠다는 마음이 든다.

옷깃

옷깃만 스쳐도 인연이라고 한다.
옷깃에 살포시 닿은 인연들이 손목에 감겼다.

한 차례 실이 되어 나풀나풀
손목에 감긴 실은 나비처럼 또 다른 옷깃을 찾아
날았다.

164
새벽이 오니 인연이 왔다

기억

몇 번이라도 그대를 볼 수 없어
심해에 가라앉는 그대를
가만히 내 눈에 흘려

내 마음속 강에 그대를 흘려보낸다면
난 그대를 기억할 수 있을까

단 한 번이라도 그대를 보고 싶어
밤하늘에 녹아들어 간 그대를 그리워해

긴긴밤
긴긴낮
그리고 긴긴숨

이 별

회자정리 거자필반이라
어느 누군가가 그랬더랍니다

이 별이 뜨고 우리가 서로에게서 눈을 감은 동안

서로를 서로의 그림자라 여기던 우리는
서로에게서 얼마나 변해있을까요

이 별이 지고 우리가 서로를 재회하는 날에
우리는 여전히 서로를 영(影)이라 부를 수 있을지
궁금합니다

눈을 감았다 뜨는 순간은
찰나일지 억겁일지 전 알지 못합니다.

그것이 혹여나 내게 억겁이라 할지라도
그대에겐 찰나이길 바랍니다

그대에게 우리의 이별이
너무 고통스러운 시간이 아니길

우리가 함께했던 시간이
서로를 기다리게 해줄 힘이 되길
기대합니다

우리가 서로를 잊었던 찰나가
그대에게 너무 두렵지는 않아

다음 이별 또한 그대가 웃으며 이겨낼 내성을 얻길
바랍니다

이 밤 또 다른 이별이 뜹니다

우리에게 인연이란?

우리에게 인연이란

많은 종류가 있지요

가족, 친구, 직장 동료 등등

사소한 그냥 지나가면서 만나게 되는

사람, 동물, 식물도 좋은 인연이라고 생각하면 좋겠

다요

운명처럼 다가온 그대

너의
모든 것을
나는 마음으로 받아

하루, 이틀
또,
평생이 지나가도

너의 마음은
여전히
우리의 시간에 남아
나와 함께 해

난 너의 별이 되고
넌 나의 별이 되고

항상
느끼고 느껴
너로 인해
내 삶은 가득 채워 저가

행복하고
또 행복하다는 것을

나의 사랑
내 하나뿐인 너

수많은 사람 중에

그대의 마음이
살며시 닿아요.

나에게 스며들어
내 마음 깊은 곳을 비추고

마음으로부터 시작되는
내 수줍은 사랑
내 깊은 사랑

모든 마음에
그대가 일렁여
이렇게 있고 싶어요.

그대와

수많은 사람 중에

나에게 온

그대

새벽이 오니 인연이 왔다

청춘의 흔적

궁금해졌어,
나의 순간들이
청춘이라는 시간으로
흘러가는 동안

너는 어떤 흔적으로
내게 묻어있었는지.

인친

요즘 들어 인간관계에 지칠 때가 많다. 잘 알던 사람은 아니었지만, 그래도 같이 글을 쓰는 사람이라는 공통 관심사로 만난 이라서 안심하는 면이 좀 있었나 보다. 결국엔 결이 다르면 아무리 같은 관심사로 만난 사람이라도 생각이 다르다는 것을 간과한 결과일지도 모르겠다.

밤늦은 시간 멍하니 하늘을 보고 있자니, 벌써 새벽 5시다. 밤새도록 시집 정리도 하고, 그동안 쓴 글도 정리하면서 시간을 보냈다. 집필 중인 글을 정리하고, 의뢰가 들어온 건도 정리해야 하는데, 좀처럼 마음이 평안해지지 않으니 쉽지 않을 뿐이다.

말에 상처받고, 믿음에 금이 가고 듣지 말아야 할 것을 듣고 그 모든 일련의 사건들이 인연이라는 단어를 의심케 한다. 나는 인간관계란 인연이 겹친 거로 생각한다. 그래서 쉽사리 맺지 않고, 한번 맺으면 오래 쌓아가려 노력한다. 관계란 혼자만 아무리 잘한다고 하더라도 절대 이어지지 않는다. 함께 하는 것이다. 퍼즐처럼 맞출 수 있는 게 사람 마음이 아니니까 말이다. 하지만 그런 나의 배려가 당연해지고, 그게 핑계가 되어 쉽게 보는 사람을 보면 어떻게 해야 할지 갈피를 잡지 못하겠다.

인스타그램으로 만난 사이, SNS라는 매개체가 신의를 저버린다. 결국엔 SNS라는 것은 믿지 못할 존재였던 것일까? 보지 않는 곳에서 오직 글로만 이야기하는 사이에서 직접 통화를 하고 대면하면서 의견 충돌이 있으면 오히려 더 많이 이야기하고 자신을 선보여야 한다고 생각한다.

하지만 그럴수록 자기 기준에 오히려 나를 맞추려 하는 모습에 지친다.

'나는 나니까' 그게 왜? 친구 사이에 가장 필요 없는 말이라고 생각한다. 서로 친구라는 인연으로 엮인 사이라면 더더욱 '나는 나니까 네가 모든 걸 맞춰야지!' 이 말은 화를 부른다. 제발 'SNS에서 만난 사람이라서 그래.' 말을 안 들었으면 좋겠다. 제발! 부탁이다. 스스로 인친이라고 말하는 사람에게 제발 조심 좀 했으면 좋겠다. 인친, 인스타 친구를 말하는 말이 아닌가? 친구를 만들고 싶다면 친구로 봐주길 바란다.

친구니까 더 진심으로 대했으면 좋겠다. 퍼즐처럼 끼워 맞추려 하지 말고, 맞춰가는 사람이 되길 정말 간절히 바란다.

어느새 어둠은 짙어지고 아침이 밝아오고 있다.

이 시간이 지나면 다시 그동안 만나온 사람들과 인연을 쌓을 것이다. 한순간 나만을 위한 생각으로 모든 걸 무너뜨리는 어리석은 짓은 하지 않길.

손님

그 밤
거기에 있는 이유
그리움 때문일까?

우연히
들린 늦은 커피숍
조용한 창가에 앉아

창을 타고
내리는 빗물을 바라보며
따뜻한 커피를 마신다.

오래전
같은 자리 앉아 있었던
너는 없지만,

새벽
어스름 넘어가는 아침은
늘 그렇듯 나를 찾아온다.

비록
헤어진 인연이지만,
그때의 마음은 진심이니까.

포레스트 웨일 공동 작가

새벽이 오니 인연이 왔다

종이책 발행 2024년 8월 12일
종이책 인쇄 2024년 8월 12일

지은이	꿈꾸는 쟁이 | 김채림(수풀) | 신디 | 이상협 | 송해성(아도니스송)
	김서진 | 양팡 | 미소 | 숨이톡 | 이상현 | 김초은 | 안세진
	안재민(안상) | 노기연 | 윤현정 | 손아정 | 구윤희 | 김소영(반애)
	새벽 | 한민진 | 최이서 | CHIKI | 아루하 | 루다연 | 윈터
	세하별 | 김유리(소율하) | 글길 | 김원민 | 희열 | 말랑주먹
	유연 | 한라노

디자인	포레스트 웨일
펴낸이	포레스트 웨일
펴낸곳	포레스트 웨일
출판등록	제2021 - 000014 호
주소	충남 아산시 아산로 103-17
전자우편	forestwhalepublish@naver.com

종이책	979-11-93963-32-6
전자책	979-11-93963-31-9

작가님들과 함께 성장하는 출판사
포레스트 웨일입니다.
작가님들의 소중한 원고를 받고 있습니다.
forestwhalepublish@naver.com